Einaudi Ragazzi

Storie e rime

455

Collana diretta da Orietta Fatucci

Illustrazioni colorate da Francesca Bernasconi

ISBN 978-88-7926-972-8

www.edizioniel.com

Gionata Bernasconi

Lucia e il brigante

Illustrazioni dell'Autore

Einaudi Ragazzi

Lucia e il brigante

Lucia ruba un biscotto

C'era una volta un re buono e generoso. Probabilmente era nato sotto una buona stella perché, oltretutto, era anche intelligente. Ma un difetto lo aveva? Era almeno un po' brutto? Neppure per sogno: era bello come un giglio. Insomma, quello era davvero un sovrano perfetto!

I suoi sudditi, naturalmente, lo adoravano, perché un simile re è merce rara.

Talmente rara che ne esisteva uno solo al mondo e, per fortuna, regnava proprio in quel paese.

Peccato che nella stessa regione scorrazzasse il terribile Otto Krunf, un grosso e feroce brigante che, come se non bastasse, era anche maleducato, villano ed egoista. Ovviamente, non era per nulla intelligente. Anzi, aveva proprio un cervello da gallina. Ma un pregio lo aveva? Era almeno un po' bello? Nemmeno per sogno: era piú brutto di un caprone. Insomma, quello era un brigante perfetto.

Inutile dire che tutti lo temevano, perfino gli altri briganti, perché un simile bandito è piú unico che raro. E difatti ne esisteva solo uno al mondo e, per sfortuna, viveva proprio in quel paese.

Ma questa avventura non inizia nel castello splendente del re, e neppure nel covo buio di Otto Krunf. Questa storia incomincia nella casa bianca e rosa di un mugnaio. O meglio, inizia nel giardino della casa bianca e rosa di un mugnaio, dove Lucia stava correndo veloce come il vento. E quando Lucia corre cosí veloce, può essere solo per due motivi. Il primo è perché ha voglia di correre; il secondo è perché qualcuno la insegue.

E questa volta, non era certo la voglia di correre che le stava mettendo le ali ai piedi. Era la necessità di scappare.

– Fermati Lucia! – gridò a squarciagola suo papà. – Hai rubato ancora i biscotti! – aggiunse irritato, lanciando il vassoio vuoto in direzione della bambina.

– Uaaaaa... i miei biscotti! Uaaaaa... – piangeva, aggrappato alla gamba di suo papà, il fratellino, che di quei biscotti aveva sentito solo il profumo.

– Non sono stata io!... È stato Otto Krunf! – rispose prontamente la bambina, senza smettere di correre. Ma le briciole attorno alla sua bocca e il fatto che se la stesse svignando erano lí a testimoniare che aveva detto una bugia bella e buona! Soprattutto buona, perché i biscotti che si era messa in bocca erano davvero eccellenti. In assoluto i suoi preferiti.

– Fermati!– urlò di nuovo il mugnaio, che non riusciva a starle dietro. – Non vorrai diventare davvero come Otto Krunf!!

– Un maschio?! – chiese perplesso il fratellino, immaginandosi la sorella con la barba e i peli che le uscivano dalle orecchie.

– Ma noooooo! Non un maschio! – rispose esasperato il papà, fermandosi a riprendere fiato. – Una ladra e una bugiarda!

Fine della fuga

Mentre correva, Lucia si voltò per valutare la distanza dai suoi inseguitori. Aveva un buon margine di vantaggio e allora, già che c'era, si tolse l'ultimo biscotto di tasca. Ma non ebbe nemmeno il tempo di aprire la bocca, che andò a sbattere contro qualcosa. Per un istante la bambina vide tutto buio, poi udí una sonora risata. Confusa, si rialzò e tentò di scappare via, ma si rese conto che stava ferma sul posto. Eppure correva, o almeno cosí le sembrava. Guardò in basso e vide che le sue gambe non toccavano piú terra.

Guardò in alto e si vide svolazzare un lungo mantello luccicante davanti alla faccia.

– Presa! – urlò soddisfatto il re, bloccandola ad almeno un metro da terra.

Poco dopo, con la mano destra ingioiellata, il re appoggiò Lucia davanti a suo papà. Nella mano sinistra stringeva il biscotto della bambina, che aveva afferrato al volo.

– Grazie, Maestà, – disse il mugnaio, con un inchino talmente ampio che il suo naso toccò la strada, – per aver fermato questa piccola brigante!

– Di nulla... – rispose il re che, a dimostrazione della sua grande generosità, tolse di tasca dieci monete d'argento per l'acquisto di dieci sacchi di farina. Infatti il sovrano non si trovava per caso nei pressi del mulino. Era giunto col suo magnifico destriero per acquistare della farina e, a quanto si diceva, la migliore di tutto il regno era proprio quella di quel mulino.

– Grazie, Maestà, davvero troppo buono! – rispose imbarazzato il mugnaio, obbligando anche Lucia a fare una riverenza e a ringraziare il re.

– Arrivederci, mugnaio, – rispose il re. – E tenga d'occhio la sua figliola. Pare che anche Otto Krunf abbia iniziato rubando biscotti, – aggiunse, guardando Lucia con un sorriso.

Il mugnaio diventò rosso dalla vergogna e fece promettere a Lucia, davanti al re, che non avrebbe mai piú rubato e mai piú detto bugie.

– Promesso! – disse Lucia inchinandosi.

– È la verità? – chiese il re.

– Certo! – mentí la bambina.

Il mugnaio corse subito a prendere i dieci sacchi di farina, che caricò su di un carretto attaccato al cavallo del re. Soddisfatto, il sovrano si voltò e se ne tornò verso il suo castello, lanciandosi dietro le spalle le dieci monete d'argento, che caddero a terra davanti al mugnaio e ai suoi figli.

– Hai sentito cos'ha detto il re? – commentò il papà, raccogliendo le sue dieci monete d'argento. – Anche Otto Krunf ha iniziato rubando biscotti!

Ma Lucia, di quella frase, aveva sentito solo la parola «biscotti». Si mise la mano in tasca e cominciò a cercare qualcosa. Niente! La tasca era vuota e di colpo la bambina si ricordò che il re non le aveva ridato il suo ultimo biscotto. «Poco importa, – pensò Lucia, – se il nostro sovrano è il piú buono del mondo.

Anche il mio biscotto è il piú buono del mondo e adesso si trova nella tasca sbagliata».

Lucia decise che doveva assolutamente farsi restituire il maltolto. Poteva considerarlo un furto? Forse sí. Infatti, anche se si trattava di un semplice biscotto, non apparteneva al re. In fondo, però, non ne era sicura, perché il loro re non era certo un ladro. Anzi, aveva appena dato loro dieci monete d'argento. In ogni caso, pensò la bambina, quelle monete non le poteva di certo mangiare. E cosí, con la pancia che reclamava il delicato sapore dell'ultimo biscotto, decise di inseguire il re, anche se ormai era già lontano.

«Lo aspetterò davanti al suo castello» pensò Lucia con piglio risoluto. E cosí, per raggiungere il maniero prima del sovrano, prese una scorciatoia tra gli alberi fitti: un sentiero fatto di pietre aguzze, radici e terra battuta, che attraversava la foresta fino a raggiungere i terreni attorno al castello. O almeno, cosí le avevano detto alcuni anziani del paese, che a loro volta lo avevano saputo da altri anziani. Un sentiero che nessuno aveva percorso negli ultimi anni, per paura di incontrare Otto Krunf. Un sentiero, a quanto si diceva, dal quale poche persone erano tornate.

Il sentiero nella foresta

– Fermati Lucia, torna indietro! – gridò il papà, quando la vide correre in direzione della foresta.

Ma ormai era troppo tardi e la bambina era già sparita tra gli alberi fitti, facendo perdere le proprie tracce.

Il mugnaio e sua moglie si abbracciarono, pensando alla loro bambina che saltellava felice nel bosco, ignara di correre incontro a un terribile pericolo. Ben presto sarebbe stata osservata dagli occhi gialli di animali feroci o, peggio ancora, da quelli di Otto Krunf che, a quanto si sapeva, viveva proprio nel cuore di quella foresta.

– Se mai dovesse tornare sana e salva, – sospirò la mamma asciugandosi una lacrima, – le regalerò una montagna di biscotti.

– Wow... Allora vado anch'io nella foresta! – urlò soddisfatto il fratellino, che aveva la pancia vuota come il vassoio dei biscotti. E s'incamminò anche lui verso il misterioso sentiero.

– Tu non ti muovi da qui! – lo fermò il papà, afferrandolo per le bretelle. – Basta e avanza tua sorella a dare preoccupazioni, in questa famiglia.

Il fratellino di Lucia s'immaginò la sorella che riceveva una montagna di biscotti. C'era di che mettersi a piangere come una fontana.

E infatti, iniziò a piangere.

– Non fare cosí, – disse la mamma, raccogliendo il vassoio vuoto. – Quando sarai grande, capirai.

Ma una cosa l'aveva già capita: lui che non dava preoccupazioni aveva la pancia vuota, mentre sua sorella, al ritorno, avrebbe ricevuto una montagna di biscotti. – Mah, – sospirò il bambino, pensando che era meglio iniziare subito a diventare grandi. E si mise a rubare le briciole rimaste in fondo al vassoio.

Mentre i genitori di Lucia si incamminavano verso casa, con il cuore stretto dalla preoccupazione, la bambina stava per arrivare nel cuore della foresta. Proprio in quell'istante, udí un rumore. Di colpo, si rese conto che stava calando la sera e che si trovava in mezzo a una boscaglia fitta e cupa. Il rumore poteva essere quello di un animale feroce, rifletté Lucia, rallentando il passo. La bambina tese le orecchie, ma non udí nulla. Era avvolta dal silenzio piú assoluto. Forse qualcuno, o qualcosa, le stava arrivando alle spalle, strisciando silenziosamente?

Si fermò, rallentando tutti i movimenti, a parte il battito del cuore, che aveva accelerato. Tese di nuovo le orecchie e udí un nitrito.

«Un nitrito? Esistono cavalli feroci?» si chiese grattandosi le treccine bionde. Ma subito pensò che di cavalli feroci non ne esistevano: al massimo potevano essere feroci le persone che ci stavano sopra. «Ma allora, chi sta sopra quel cavallo?» si chiese Lucia, muovendosi silenziosamente tra gli alberi perché, se c'era una cosa che proprio non riusciva a frenare, era la sua curiosità. Con grande stupore e gioia vide che si trattava proprio del re, che stava percorrendo la sua stessa scorciatoia. Lucia lo stava quasi per raggiungere, quando Otto Krunf saltò fuori da dietro una quercia con un grosso coltello in mano, guardando il re dritto negli occhi.

Lucia si bloccò terrorizzata. «Oddio, – pensò, scivolando silenziosamente dentro un albero cavo. – Adesso il brigante rapinerà il re».

La bambina deglutí e chiuse gli occhi. Poi si accovacciò, diventando piccola piccola. Al solo pensiero di

quello che avrebbe potuto vedere, le si accapponava la pelle. Era paralizzata dalla paura, perché sapeva benissimo quello che un brigante spietato e crudele come Otto Krunf avrebbe fatto al povero re, dopo averlo derubato dei suoi soldi. Otto Krunf... avrebbe... mamma mia, solo a pensarci le venivano i brividi. Quella sarebbe stata una vera disgrazia!

Ma ormai lei non poteva fare piú nulla per aiutare il povero re. Infatti, dopo averlo derubato dei suoi averi, Otto Krunf avrebbe anche... Oddio, no! Otto Krunf avrebbe anche preso il suo biscotto!

Con gli occhi ancora chiusi, Lucia si aspettava di sentire, da un momento all'altro, l'urlo terrorizzato del re. Poi immaginava di udire il tintinnio dei soldi che passavano dai forzieri reali alla borsa del brigante. Poi si aspettò il tonfo dei sacchi di farina scaricati dal carretto e, infine, attese di udire il rumore crocchiante e delizioso dei denti che sbriciolavano il suo biscotto, seguito dallo schiocco della lingua che si leccava i baffi.

Ma, con suo grande stupore, la bambina sentí solamente una sonora risata.

– Ah, sei tu? – grugní ridendo Otto Krunf.

– Certo, caro Otto, – rispose il re, dandogli una pacca sulle spalle. – Sono venuto per proporti un nuovo affare!

– Perfetto, – disse il brigante, fregandosi le mani callose perché, ogni volta che il re andava a trovarlo, era per proporgli ottimi affari.

I due parlavano sottovoce e Lucia non riusciva a capire cosa si stessero dicendo. Con un coraggio molto piú grande di lei – perché ci vuole tanto coraggio per andare da soli nella foresta, ma ce ne vuole ancor di piú per ascoltare quello che un re e un brigante si stanno dicendo – la bambina si avvicinò ai due uomini. Era talmente vicina che sentiva il fiato puzzolente di Otto Krunf e l'acqua di colonia del re che si mischiavano tra di loro. Era talmente vicina che sentiva anche il profumo del suo biscotto.

– Allora hai capito... – bisbigliò il re, fregandosi le mani ingioiellate. – Questa notte entrerai nel mulino per rubare le dieci monete d'argento che oggi ho dato al mugnaio!

– D'accordo, – grugní il bandito. – E poi?

– Poi te ne andrai di corsa con le dieci monete.

– D'accordo, – grugní ancora il bandito. – E poi?

– E poi divideremo i soldi. Metà esatta la darai a me e l'altra metà sarà tutta per te! – aggiunse il re con un ghigno malevolo.

– Ah, ah, ah, ah... ho capito! – rise di gusto Otto Krunf, guardando il carretto attaccato al cavallo del re. – Cosí avrai sia i sacchi che i soldi.

– Esatto! – sorrise il re compiaciuto, pensando che a lui quei dieci sacchi di farina sarebbero costati veramente poco, cioè solo la parte che avrebbe lasciato al brigante.

– E io avrò... ehm... dunque... – aggiunse perplesso il bandito, cercando di contare con le dita. Ma proprio non ce la faceva, era un calcolo troppo difficile per lui. – Scusa... ma quanto è la metà di dieci monete?

– Esattamente una moneta a te e nove monete a me! – rispose immediatamente il re, che era bravo in matematica. Talmente bravo che, invece di calcolare la cifra esatta, aveva calcolato come ingannare il povero Otto Krunf che, come sappiamo, era ignorante come un caprone.

– Ah, ah, ah, ah, perfetto! – grugní il bandito. – Proprio come pensavo: dieci diviso due fa nove a te e una a me!

– Ma fai attenzione! – disse il re, guardando Otto Krunf fisso negli occhi. – Passerò presto a prendere le monete, e tu fai in modo che ci siano tutte, altrimenti...

– Altrimenti? – chiese il bandito incuriosito.

– Altrimenti ti farò incatenare e rinchiudere nelle mie prigioni!– urlò il re, sguainando la spada a pochi centimetri dal naso del brigante.

– Eh, eh, eh... Non preoccuparti, – rispose Otto Krunf tranquillamente. – Non c'è furto che io non sappia commettere!

– Meglio cosí! – aggiunse il re, rimettendo la spada al suo posto.

Il brigante se ne andò soddisfatto per la sua strada, immaginandosi la sua metà del bottino. Una bella moneta d'argento!

Era certo che rubare quei soldi sarebbe stato un gioco da ragazzi.

Anche il re tornò al suo castello,

soddisfatto per aver concluso due ottimi affari. Il primo era che avrebbe speso una sola moneta d'argento per dieci sacchi di farina. Ma il vero affare, quello piú grosso, era avere trovato un complice stupido come Otto Krunf. Grazie al brigante poteva infatti comprarsi quello che voleva e poi recuperare quasi tutti i soldi.

A pensarci bene, quel giorno il re poteva essere felice anche per un'altra cosa. Infatti, prima di salutare Otto Krunf, si mise in bocca il biscotto di Lucia e lo mangiò con gusto. In fondo, pure quello era stato un ottimo affare, anche se era solo un piccolo furto.

Per qualche secondo Lucia restò immobile, incredula per quello che aveva visto e udito. Era mai possibile che il re fosse d'accordo con il brigante? Stentava a crederlo, ma non c'erano dubbi. Anzi, avrebbe dovuto capirlo subito che il re era un ladrone. In fondo, cos'altro poteva essere un adulto che rubava e si mangiava l'ultimo biscotto di una bambina di appena otto anni? «Il nostro re è un farabutto, – concluse Lucia, stringendo i pugni dalla rabbia. – Altro che il sovrano migliore del mondo!»

Ma anche lei era brava a fare i calcoli e stava già pensando a una soluzione per fargliela pagare.

Lucia racconta quello che ha visto

Quando i genitori di Lucia la videro tornare a casa, le corsero incontro, smettendo immediatamente di fare quello che stavano facendo. L'abbracciarono e la strinsero forte perché, di fronte a una figlia che torna sana e salva da un luogo pericoloso, tutto il resto passa in secondo piano. L'avrebbero sgridata in un altro momento, quando il sollievo e la gioia fossero passati.

– Ma almeno lo hai preso, il biscotto? – chiese il fratellino a Lucia, senza nemmeno salutarla. Sapete come sono fatti i fratellini di sei anni: non poteva certo ammettere che anche lui si era preoccupato.

– No! Se lo è mangiato il re, – rispose Lucia e, al solo pensarci, una rabbia mai sentita cominciò a montarle dentro. Non tanto per non avere recuperato il suo biscotto, di quelli ne avrebbe certamente rubat... ehm, mangiati altri, ma, piuttosto, per quello che aveva visto e udito nella foresta. – Il re è un ladro! – gridò la bambina, senza riuscire a trattenere le lacrime.

– Suvvia, non esagerare, – le disse dolcemente il papà, che pensava si riferisse al biscotto.

– Ma è davvero un ladro! – continuò la bambina. – Peggio di Otto Krunf!

Il papà e la mamma di Lucia scoppiarono in una fragorosa risata. Peggio di Otto Krunf? Questa era proprio bella! Ma se erano due persone esattamente all'opposto.

– Lo capiamo che sei arrabbiata perché ha preso il tuo biscotto... – le dissero i genitori con affetto. – Ma il re e Otto Krunf sono uno buono e l'altro cattivo, uno bello e l'altro brutto...

– ... uno ladro e l'altro ladrone, uno brigante e l'altro bandito, uno fuorilegge e l'altro delinquente, uno... – tentò di dire Lucia.

– Eh, eh, certo, certo, – disse il papà con un sorriso ammiccante. – E magari sono anche amici!

– Proprio cosí! Anzi, sono complici, – disse la bambina, che voleva far sapere come stavano realmente le cose.

– Ah, ah, ah, ah! – Il papà e la mamma di Lucia si rotolavano a terra, tenendosi la pancia da tanto le assurdità della figlia li facevano ridere.

– Bisognerebbe metterli in prigione, tutti e due... – urlò la bambina.

– Be', adesso non esagerare, – sussurrò la mamma.

– ... soprattutto il re! E buttar via la chiave! – continuò Lucia.

– Ehm... Adesso basta, – disse il papà, pensando che, in fondo, si trattava solo di un biscotto.

– Anzi, Otto Krunf in confronto al re è un angioletto... – continuò Lucia, magari esagerando un po'.

– Ho detto adesso basta!– la interruppe il papà in tono piú severo, guardandosi attorno per timore che qualcuno sentisse le parole della figlia.

– Il re dovrebbe essere messo alla gogna, coperto di... – tentò ancora di convincerli Lucia.

– Basta scherzare! – tuonò la mamma.

– Ma è davvero un ladr... – insisté la bambina.

– E basta anche dire bugie! – aggiunse il papà. – Il re è generoso e ci vuole bene!

– Ma... – tentò di obiettare la bambina.

– Ho detto basta! E non ti voglio piú sentir ripetere questa storia assurda! – concluse il papà, sperando che nessuno avesse udito le invettive di Lucia nei confronti del loro amato sovrano.

Ma Gianluigi si era nascosto sotto la finestra e aveva ascoltato tutto.

La prima cosa che avrebbe fatto sarebbe stata raccontare in giro ciò che aveva udito.

Già si fregava le mani dalla gioia, immaginando quello che avrebbero pensato di Lucia.

Ma chi era Gianluigi?

Gianluigi era il bambino piú bravo, piú ubbidiente, piú sincero, piú bello e tutti i «piú» che riusciamo a immaginare. Anche il piú spione? Certo, e il fatto che si fosse messo a origliare quello che Lucia diceva ai suoi genitori lo stava a dimostrare. Infatti, non sempre quelli che sembrano piú belli, piú bravi eccetera eccetera eccetera, lo sono per davvero. E il re era la dimostrazione lampante che una persona, prima di giudicarla, bisogna conoscerla bene.

Il furto a casa del mugnaio

Per tutta la sera, Lucia tentò di convincere il papà che Otto Krunf gli avrebbe rubato i soldi quella stessa notte. Il mugnaio non credeva a una sola parola di quello che la figlia gli aveva raccontato ma, per farla contenta e soprattutto per farla smettere, nascose le monete dentro le sue vecchie ciabatte.

– E va bene, nascondiamo le monete! – aveva detto esasperato, sperando che Lucia lo lasciasse un po' in pace. – Nemmeno il ladro piú astuto e abile del mondo riuscirebbe a trovarle in un nascondiglio cosí ingegnoso.

«E puzzolente» pensò la bambina, che però si era un po' tranquillizzata. Infatti, era convinta che nemmeno il terribile Otto Krunf avrebbe trovato le monete in quel nascondiglio. Inoltre suo papà dormiva con le ciabatte proprio accanto al letto e aveva il sonno talmente leggero che si sarebbe svegliato persino con un battito di ali di farfalla. E Otto Krunf non era certo un peso piuma, con i suoi centotrenta chili almeno. Come se non bastasse, prima di andare a dormire la bambina aveva chiuso la porta a chiave, appoggiato un tavolo alla porta, messo tutte le sedie sul tavolo e spinto l'armadio contro le sedie. Poi aveva sbarrato tutte le finestre, inchiodandoci sopra delle assi di legno, e aveva teso dei fili dappertutto, con attaccate mille campanelle che, solo a sfiorarle, avrebbero fatto un baccano tale da svegliare un ghiro. Infine, per maggiore sicurezza, aveva infilato una trappola per topi dentro le ciabatte del papà. Se Otto Krunf vi avesse infilato le dita, avrebbe fatto scattare la trappola, e allora sarebbero stati dolori.

E cosí, soddisfatta e tranquilla, la bambina era andata a dormire.

Ma Otto Krunf conosceva bene il suo mestiere e, anche se era scarso in matematica, non impiegò piú di dieci secondi a entrare in casa, eludere le trappole e i trabocchetti piazzati da Lucia e trovare le dieci monete d'argento.

Poi, silenziosamente come era arrivato, sparí nella foresta con il suo bottino.

Al canto del gallo Lucia aprí gli occhi, ma li richiuse immediatamente. Non a causa del sonno e nemmeno della luce del sole: a farle riabbassare le palpebre in tutta fretta era stata la faccia furiosa del papà, che la stava guardando, in piedi di fronte al letto, con le pantofole in mano.

– Svegliati! – le urlò, tamburellando le dita sulle pantofole vuote.

Lucia, che era una bambina intelligente, capí che di fronte a certi sguardi è meglio ascoltare e stare zitti. E cosí fece.

Si mise seduta sul letto, mentre il papà riprendeva a parlare.

– Dove hai nascosto i soldi?!

– Ma papà, non sono stata io...

– Solo tu conoscevi il nascondiglio! – tuonò ancora il genitore.

– Ma se è stato Otto Krunf... – tentò di giustificarsi la bambina.

– Bugiarda! – la interruppe il papà.

Lucia capí che era inutile insistere: anche questa volta non le avrebbe creduto. Abbassò lo sguardo di fronte al papà e vide le sue dita dei piedi tutte incerottate e piene di lividi. Oh, mamma, pensò, la trappola per topi era scattata sulle dita sbagliate! Otto Krunf ce l'aveva fatta!

Quella fu una delle peggiori mattine che Lucia ricordasse. Dapprima ricevette una solenne sgridata dal papà, poi entrambi i genitori le diedero della bugiarda e, come se non bastasse, erano convinti che fosse diventata anche una ladra. E non una semplice ladra di biscotti, come era accaduto fino al giorno prima: ora l'accusavano di aver rubato nientemeno che dei soldi! Insomma, questa volta Lucia era innocente, ma era davvero difficile crederle. Com'era possibile che un re bello e buono fosse in realtà un farabutto? E inoltre, come poteva la bambina dimostrare la propria innocenza, quando era lei l'unica persona che conosceva il nascondiglio dei soldi? Un bel rompicapo, non c'è che dire.

– Per fortuna lo sappiamo solo noi! – disse il papà con un sospiro di sollievo, chiedendo alla figlia di riconsegnare i soldi al piú presto, prima che la gente andasse in giro a dire che era una ladruncola.

Ma i segreti hanno le gambe lunghe e corrono veloci. Infatti, fuori dalla finestra era appostato Gianluigi che, come al solito, oltre alle gambe aveva anche le orecchie lunghe, e la lingua ancor piú lunga. E cosí, piú lesto di una lepre, corse a informare tutto il paese di quello che aveva appena udito.

Lucia è una ladra e una bugiarda

Mentre Gianluigi correva da un luogo all'altro raccontando che Lucia era un ladra e una bugiarda, il papà della bambina si stava preparando per andare al mulino.

– Stasera voglio trovare i soldi sul tavolo, – disse alla figlia, avvertendola che, altrimenti, l'avrebbe tenuta chiusa in casa fino a quando non avrebbe rivisto le sue monete.

Ma poi, dato che era un bravo papà ed era convinto che la bambina gli avrebbe ridato presto i soldi, prima di uscire le diede un bacio e un bigliettino.

– Tieni, quando torni da scuola compra gli ingredienti per fare i biscotti, – le disse con un sorriso, porgendole la lista della spesa. – Ma fai anche saltar fuori i miei soldi! – aggiunse poi in tono piú severo.

– D'accordo! – disse Lucia.

Ormai aveva capito che l'unica soluzione era andare a riprendersi i soldi direttamente da Otto Krunf.

Prima però doveva andare a scuola: dal brigante sarebbe passata piú tardi.

Appena Lucia fu uscita di casa, tutti la guardarono ridacchiando o bisbigliando frasi malevole. Alcuni le voltarono addirittura le spalle e, a un certo punto, la bambina udí alcune signore sussurrare: «Bugiarda, raccontafrottole, ingrata, ladra...».

Anche la maestra, appena Lucia

fu giunta in classe, l'aveva ripresa davanti a tutti, dicendo che rubare è peccato e che non bisogna dire bugie.

– Ma io non dico bugie! – si difese la bambina.

– Lo vedi! Questa è una bugia! – replicò la maestra severa.

– E va bene... a volte racconto qualche piccola frottola, come tutti! – disse Lucia, pensando che tutti i bambini lo fanno e, molto spesso, anche gli adulti.

– Ti sembra una piccola frottola, – ribatté la maestra, guardando verso l'immagine del re appesa in aula, – raccontare che il nostro amato sovrano è un ladro?

– Be'... effettivamente questa non è una piccola frottola! – rispose decisa la bambina.

– Ah, lo ammetti che è una grande

menzogna! – urlò la maestra in tono severo.

– No! – rispose Lucia. – Non è una bugia, né grande né piccola. È la semplice verità!

– Eh, eh, eh! – ridacchiarono i compagni di classe, vedendo la bambina che diventava tutta rossa dalla rabbia.

– Il re è un farabutto, un brigante, una canaglia, un... – continuò Lucia.

– Basta! – tuonò la maestra, inginocchiandosi di fronte all'immagine del re come se si trattasse di un santo. – Porta rispetto per il nostro sovrano...

– ... anche se è un ladro! – terminò sconsolata Lucia che, come la sera precedente, non era riuscita a farsi credere da nessuno.

A proposito, rifletté la bambina, come facevano tutti a sapere quello che aveva raccontato ai suoi genitori? Solo a loro aveva detto di aver visto il re assieme a Otto Krunf. E solo loro sapevano del furto...

– Ah, ah, ah, ah, ah, ah, – continuava a ridere sguaiatamente Gianluigi, battendo i pugni sul tavolo.

Lucia lo osservò un attimo mentre si rotolava sotto il banco dal divertimento e in quell'istante capí chi era stato a fare la spia.

L'eco delle parole «bugiarda, raccontafrottole, ingrata, ladra...», che aveva udito a piú riprese, accompagnò la bambina per tutto il giorno.

«E va bene, – pensò Lucia, dirigendosi verso la foresta, – se nessuno mi crede, dovrò occuparmi di questa faccenda da sola. Per prima cosa darò una lezione al brigante e al re, –

si disse con un sorriso furbo. – Poi, naturalmente, mi occuperò anche di Gianluigi».

E già sapeva come avrebbe fatto: era solo questione di tempo. E di matematica.

Lucia va dal brigante

Ripercorrendo il sentiero del giorno prima, Lucia arrivò nei pressi del covo di Otto Krunf. Di fronte al grosso portone di legno, la bambina bussò decisa.

Il brigante balzò in piedi sorpreso, perché non aspettava visite. Da buon brigante qual era, stava sempre all'erta e si avvicinò alla porta con prudenza. – Chi va là? – urlò con la sua voce da orso.

– Mi chiamo Lucia, – rispose la bambina con calma.

Accidenti, non era abituato a parlare con i bambini. Di solito discuteva con fuorilegge, tagliagole, briganti, pescatori di frodo, bracconieri, pirati e altri brutti ceffi del genere. Ma di parlare con una bambina proprio non gli era mai capitato; quasi quasi avrebbe preferito vedersela con un gendarme. Sapeva pochissimo sui bambini, e cioè che erano testardi come muli, brutti come caproni, ignoranti come asini e, soprattutto, imprevedibili come lucertole. O almeno cosí diceva sempre la sua mamma, quando parlava di lui da piccolo.

Il brigante decise che forse era meglio far finta di niente.

– Vattene, qui non c'è nessuno! – disse, nella speranza che la bambina se ne andasse da dove era venuta. Inoltre stava sbucciando delle verdure per la minestra e proprio non aveva tempo né voglia di discutere con una marmocchia.

– Dài, Otto, apri che non ho tempo da perdere! – incalzò Lucia con fare risoluto.

– Ho detto che non c'è nessuno e... Oh, oh! – sussultò il brigante: quella bambina lo aveva chiamato per nome. Accidenti, pensò, lasciando cadere lo sbucciapatate: non solo aveva scoperto il suo covo segreto, ma sapeva anche chi era. E aveva perfino avuto il coraggio di parlare con lui: il terribile Otto Krunf. Forse era meglio se si faceva vedere e affrontava il problema a modo suo. – Hai tre secondi per andartene! – urlò spalancando la porta di scatto e puntando una patata verso Lucia, nella speranza di spaventarla e farla fuggire.

Ma Lucia, per nulla impaurita, restò immobile davanti alla porta.

– Conto fino a tre! – disse di nuovo il brigante, sventolando la patata con fare minaccioso.

Ma Lucia restava sempre immobile.

– Uno... – cominciò Otto Krunf. – Due... – rilanciò.

Ma Lucia era sempre lí.

– Ehm... quattro? – tentò il brigante, balbettando un poco.

– Sbagliato! – rispose Lucia.

– Sette? – azzardò ancora.

– No!

– Ehm... nove? – sussurrò il brigante.

– Nemmeno nove! Ecco, lo vedi? Sei...

– Sei! – urlò felice il brigante, mostrando due dita.

– Ma quale sei! – disse la bambina. – Dopo il due viene il tre!

– Ma tu hai detto «sei»...

– Ma noooo! – rispose Lucia scuo-

tendo il capo vigorosamente. – Intendevo: *sei* proprio un ignorante!

– Ecco, io... – disse il brigante arrossendo.

– Niente scuse! – riprese la bambina. – Ti serve proprio una lezione!

– Mi vuoi picchiare?! – chiese il brigante sorpreso.

– Ma no, stupidone! – disse la bambina, entrando nel covo del brigante. – Intendevo una lezione scolastica: in matematica sei una vera schiappa!

Il brigante si grattò la barba e guardò perplesso quella bambina entrare nel suo covo. Sarà stata anche testarda e imprevedibile ma, su almeno due cose, la sua mamma si era sbagliata di grosso: non tutti i bambini erano brutti come caproni e, soprattutto, non tutti erano ignoranti come asini. Anzi, Lucia sembrava proprio una bambina intelligente, pensò Otto

Krunf che, a parte il re, non conosceva nessun altro che sapesse contare fino a tre.

Poco distante Gianluigi, da perfetto spione qual era, aveva seguito Lucia nella foresta. Era certo che fosse stata lei a rubare i soldi a suo papà e sperava di coglierla sul fatto mentre si riprendeva le monete d'argento. Con molto stupore aveva dunque assistito a tutta la scena. La bambina era arrivava davanti a una porta e poi, forse per chiedere indicazioni, aveva bussato, ignara di chi abitasse in quella casa. Dopo che ebbe parlottato con qualcuno, la porta si era aperta di colpo ed era apparso il brutto muso di Otto Krunf. In quel momento Lucia doveva essere rimasta paralizzata dalla paura, pensò Gianluigi, perché era rimasta immobile per diversi secondi. Poi il terribile Otto Krunf aveva sbraitato, puntandole qualcosa davanti al viso; probabilmente un coltello. Lei aveva scosso il capo, perché certamente non voleva entrare, ma lui, alla fine, l'aveva obbligata con le minacce. O almeno, cosí gli era parso di capire vedendo gesticolare il brigante.

Gianluigi guardò la porta di legno del covo chiudersi dietro le spalle di Lucia. Pur avendo paura di Otto Krunf, si fece coraggio e si avvicinò silenziosamente. Poi, a pochi passi dalla porta, si fermò e prese una decisione importante. No, non avrebbe tentato di salvare Lucia; lui non aveva certo la stoffa dell'eroe. Semplicemente, fece quello che gli riusciva meglio; allungò l'orecchio per origliare quanto stava succedendo all'interno del covo di Otto Krunf.

Infatti, era curioso di sapere che cosa il brigante avrebbe fatto a Lucia. Forse l'avrebbe rinchiusa in cantina, per evitare che svelasse il suo nascondiglio? si chiese il bambino. O forse, peggio ancora, l'avrebbe...

Ma come allungò l'orecchio per capire cosa stesse succedendo, quale non fu il suo stupore nel sentire il brigante che diceva: – Vuoi darmi davvero una lezione?!

– Certo, – rispose la bambina, – e se una lezione non ti basta, te ne darò due e forse anche tre o quattro.

Otto Krunf aveva capito che Lucia era una bambina coraggiosa. Infatti, solo le persone coraggiose si presentavano davanti alla sua porta senza tremare. Inoltre, aveva intuito che era una bambina intelligente. Per esempio, sapeva contare meglio di lui. In fondo non gli sarebbe costato nulla ascoltarla e lui, da buon brigante, sapeva che tutto ciò che è gratis vale la pena di prenderselo. Inoltre, se quella bambina gli insegnava davvero un po' di matematica, avrebbe potuto contare meglio tutte le monete che riusciva a rubare. Insomma, ne era certo: ascoltando Lucia avrebbe fatto un vero affare. Se poi non si fosse rivelata utile, l'avrebbe rinchiusa in cantina in un secondo tempo. E cosí la fece accomodare in cucina e si mise in ascolto.

Gianluigi invece imprecò sottovoce, perché da quella stanza non riusciva a sentire quello che si dicevano.

– Per prima cosa, ti insegnerò a fare dieci diviso due, – disse Lucia.

– Questo lo so già! – rispose fiero Otto Krunf.

– Quanto fa? – chiese Lucia con calma.

– Fa uno a me e nove al re!

– Al re?! – si finse stupita la bambina.

Il brigante diventò bianco come una mozzarella. Infatti, il re gli aveva ordinato di non svelare mai a nessuno i loro loschi accordi. Insomma, guai a fare il nome del re!

– Ehm, volevo dire: fa uno a me e nove a te! – si corresse il bandito.

– Sbagliato!

– Impossibile! – urlò il brigante.

– Perché impossibile? – chiese Lucia con un sorriso.

– Perché il re è certamente capace di...

– Il re? – finse ancora la bambina.

– No, no, intendevo il mio complice... – disse ancora Otto Krunf, diventando rosso per l'imbarazzo.

– Il tuo complice sa contare? – chiese Lucia.

– Certo! – rispose fiero Otto. – Anzi, è un maestro nel campo!

– Un maestro di matematica?

– No, intendevo che è un ottimo ladro, – disse Otto Krunf.

– E magari è anche una persona insospettabile?

– Certo! È molto furbo e nessuno conosce la sua identità.

– Vive magari in un castello?

– Sí, – rispose il bandito.

– E porta la corona? – chiese Lucia sorridendo.

– Esattamente! È proprio per questo che è insospettabile, – disse Otto sghignazzando, e aggiunse: – Chi mai potrebbe sospettare di uno che porta la corona e...

– ... e quindi è il re! – concluse la bambina.

Accidenti, ma quanto era intelligente quella bambina. In pochi minuti aveva scoperto il suo covo, aveva capito che lui non era in grado di contare e sapeva perfino che il re era suo complice. Anzi, aveva messo in dubbio il fatto che il re spartisse con lui le monete in modo corretto! Voleva dire che forse la bambina aveva ragione? Il re lo stava davvero imbrogliando? dubitò il brigante. Ma poi scacciò quel pensiero e rispose a Lucia che il re era suo amico, e che gli amici non si ingannano mai, nemmeno se sono ladri. O almeno, cosí la pensava il brigante, e Lucia, su questo punto, non poteva che dargli ragione. In fondo Otto Krunf non sembrava poi cosí male, pensò la bambina mentre ascoltava le giustificazioni del brigante.

Il brigante non aveva mai dovuto spremersi le meningi come in quegli ultimi minuti. Gli scoppiava la testa a ragionare cosí tanto, ma quell'esercizio almeno gli aveva fatto balenare in mente un certo dubbio. «Se il re è un insospettabile bugiardo, – rifletté, – potrebbe anche mentire quando dice di essere mio amico. Oh, mamma, che confusione!» Quindi, se il re non era un vero amico, lo avrebbe anche potuto ingannare... e forse la bambina aveva ragione. Ormai il dubbio era troppo forte e la sua capacità di risolvere il rompicapo troppo debole.

– Allora dimostralo! – urlò il brigante, incrociando le braccia e sfidando Lucia a dimostrare che il re lo aveva ingannato. Come spesso accade quando non si riesce piú a ragionare come si deve, Otto Krunf aveva alzato la voce.

Intanto, Gianluigi se ne stava immobile con l'orecchio schiacciato contro la porta di legno. Da quella posizione non aveva sentito quasi nulla di quello che i due si erano detti ma, ne era certo, aveva udito Otto Krunf urlare: «Allora dimostralo!» Ma che cosa doveva dimostrare Lucia? si chiese incuriosito. Proprio in quel momento, Otto Krunf batté un pugno sul tavolo perché, quando non si hanno argomenti validi e le urla non bastano piú, i briganti di solito passano alle mani.

– E va bene, vuoi darmi una lezione? – urlò di nuovo con quanto fiato aveva in corpo. – Sono qui che aspetto!

E anche questo Gianluigi lo aveva sentito benissimo. «Lucia è proprio matta, – si disse il bambino. – Vuole battersi con Otto Krunf!» Certamente ne sarebbe uscita con le ossa rotte, contro un brigante grosso e feroce come quello. Ma tanto a lui che cosa importava? Lucia non gli stava per nulla simpatica e una lezione se la meritava proprio.

Gianluigi non poteva certo immaginare che la bambina stava preparando una lezione anche per lui; e non certo una lezione di matematica, come quella che si apprestava a dare a Otto Krunf.

Infatti, Lucia lo aveva visto mentre la seguiva nel bosco ed era certa che in quel momento Gianluigi stesse origliando alla porta. Perfetto! Il suo piano per recuperare i soldi di suo papà, smascherare il re e far cessare i furti al villaggio, oltre che dare una piccola lezione a Gianluigi, poteva dunque iniziare.

La prima lezione di Lucia

Per prima cosa, Lucia voleva dimostrare a Otto Krunf che il re lo stava ingannando. A questo proposito, doveva insegnargli a dividere correttamente per due dieci monete d'argento.

– Adesso ti dimostrerò che il re ti sta ingannando, – sussurrò la bambina a Otto Krunf, senza farsi sentire da Gianluigi. – Per prima cosa, devi prendere dieci pezzi di legno e buttarli sul pavimento!

«Strano modo di insegnare, – pensò il bandito. – Ma la maestra è lei e, almeno per ora, mi conviene ascoltarla». Come già aveva pensato una volta, semmai l'avrebbe rinchiusa in cantina in un secondo tempo.

E cosí Otto Krunf gettò i pezzi di legno sul pavimento, facendo un gran baccano.

Pim-pum-pam! udí di colpo Gianluigi. Certamente Otto Krunf aveva iniziato a menare le mani, pensò il bambino, che già s'immaginava Lucia con un occhio blu e le treccine scompigliate, impacchettata come un salame e pronta a essere rinchiusa in cantina.

– Adesso basta! – urlò poco dopo la bambina, per farsi sentire da Gianluigi. In realtà Lucia aveva detto «basta» perché il brigante non si era accorto di avere già messo dieci pezzi di legno sul pavimento. Infatti, come ben sappiamo, Otto Krunf non era ancora in grado di contare fino a dieci. Poi

la bambina urlò ancora, per farsi sentire da Gianluigi: – Ora ti insegno io come si fa! – Quindi, abbassando la voce, disse al brigante: – Adesso devi dividere i dieci legni in due parti uguali.

– In due parti uguali? – replicò Otto Krunf grattandosi la testa.

Il brigante, che non aveva capito nulla, invece di dividere i dieci legni in due gruppi di cinque, prese i tronchi e tentò di spezzarli in due parti. A Lucia venne da ridere ma lo lasciò fare per qualche minuto, perché le grida di Otto Krunf erano ben udibili anche da Gianluigi.

– Aaaargh, mmmh AAAAArrgghhh... Accidenti, non si SPEZ-ZA, – urlò il brigante.

Gianluigi era esterrefatto. Voleva dire che Lucia era cosí resistente?

– Aiaiaiaaiaaaarggghhh... non fa

una piega! – gridò ancora Otto, sbattendo il legno sulla stufa.

Gianluigi era incredulo: possibile che Lucia fosse cosí forte? Ma non c'erano dubbi, rifletté il bambino: non si era spezzata, e nemmeno piegata!

– Adesso provo con il martello! – urlò il brigante. E *pim* e *pum* e *pam*, ma il legno non si spezzava.

Gianluigi immaginava la tremenda lotta tra il brigante e Lucia, perciò rimase di stucco quando udí una risata. – Ah, ah, ah, ah... Basta, basta, mi fai morire dal ridere... – disse la bambina, che si divertiva un mondo a osservare Otto Krunf che saltava sul tronco con tutto il suo peso, nella speranza di dividerlo.

Gianluigi, invece, non credeva alle sue orecchie. A quanto pareva, le botte di Otto Krunf le facevano solo il solletico.

Lucia si avvicinò al brigante e gli sussurrò: – Lezione numero 1: se non riesci con la forza, devi usare la testa.

«Devo spaccare i tronchi con la testa?!» pensò stupito il brigante, cominciando a dare testate ai legni. – Ahi! Auuu! Ohiohiohi! Ahi ahi!

«Oddio, – pensò Gianluigi, – adesso è Lucia che sta menando botte al brigante».

– Basta, ti prego! – urlò Otto Krunf dopo alcuni minuti, con la testa piena di bernoccoli.

Allora la bambina gridò, in modo da farsi sentire da Gianluigi: – Credo che la lezione ti sia servita! – Poi aggiunse sottovoce: – Lezione numero 2: usare la testa significa ragionare prima di agire.

Il brigante si fermò e cominciò a riflettere. Effettivamente, Lucia aveva ragione; l'unico risultato che aveva ottenuto fino a quel momento era un mucchio di bernoccoli. Se voleva imparare a contare, doveva usare la testa in un altro modo. Anzi, ne era certo: se l'avesse utilizzata bene, sarebbe diventato bravo a fare i calcoli. In fondo, bastava esercitarsi. Ma di nascosto però, perché era un po' imbarazzante che una bambina ne sapesse molto piú di lui. Guai se qualcuno lo avesse scoperto, sarebbe diventato lo zimbello del paese. Altro che il terribile Otto Krunf!

– Ti prego, Lucia, non dire a nessuno che mi hai dato una lezione, – disse allora il brigante.

– Va bene! Ma a una condizione.

– Quale?

– Ti darò dei compiti. Questo è il piano... – disse la bambina che, naturalmente, intendeva il piano degli studi.

«Oh, mamma, – pensò Gianluigi. – Lucia ha già ordito un piano criminale».

– ... e questa è la lista, – aggiunse lei, porgendo un foglio con la lista degli esercizi.

«Accidenti, – sussultò il bambino, – la lista delle vittime! Lucia ha una mente criminale, – pensò tremando di paura. – Chi lo avrebbe mai detto!»

Ma quale mente criminale! Lucia aveva semplicemente dato il primo compito al brigante: doveva imparare a contare fino a dieci.

– Adesso me ne vado! – disse la bambina ad alta voce, per farsi sentire da Gianluigi. – E spero di non incontrare nessuno, altrimenti ho pronta un'altra lezione.

Per la paura, a Gianluigi s'infiammò l'orecchio che teneva attaccato alla porta e, nonostante la tremarella,

cominciò a correre il piú veloce possibile, come se avesse le ali ai piedi. Chissà cosa gli avrebbero fatto quei due brutti ceffi, Lucia e il brigante, se lo avessero scoperto a origliare alla porta.

Adesso aveva capito tutto! E questo confermava che Lucia era stata proprio bugiarda, quando aveva detto che il re era complice di Otto Krunf. Era lei la vera complice! E cosí, convinto che la bambina fosse davvero una ladra della peggior specie, corse al villaggio per denunciarla alle guardie. Quello che aveva udito non lasciava dubbi: Otto Krunf, in confronto a Lucia, era un tenero agnellino. Senza offesa per gli agnellini, naturalmente.

– Aspetta! – disse il brigante, prima che la bambina uscisse dal covo. – Alla fine, quanto fa dieci diviso due?

Lucia aspettò che Gianluigi fosse sparito all'orizzonte, poi prese i dieci pezzi di legno e li allineò sul pavimento. Cinque davanti al brigante e cinque davanti a sé.

Il brigante la osservò incuriosito, ma già aveva capito cosa doveva fare. Tolse le dieci monete d'argento da un sacchetto e le mise sul tavolo, metà da una parte e metà dall'altra.

– Lezione numero 3, – disse il brigante, guardando le monete sul tavolo. – Se si divide in parti uguali, non può essere che uno abbia piú monete dell'altro.

– Bravo! – disse la bambina.

– Grazie, – rispose Otto Krunf. Aveva ancora molto da studiare, ma una cosa l'aveva già imparata: il re lo aveva ingannato.

Otto Krunf usa la testa

Lucia guardò le dieci monete sul tavolo e poi guardò il brigante. Otto Krunf guardò le dieci monete e poi la bambina. Quando i loro sguardi si incrociarono, il brigante diventò rosso dalla vergogna. Da quando aveva conosciuto quella bambina gli era successo spesso di vergognarsi e, in quel particolare momento, ne aveva proprio tutti i motivi. Infatti, quelle dieci monete erano i soldi del papà di Lucia, che lui aveva appena rubato.

– Oh, che coincidenza... – tentò di giustificarsi il brigante. – Oggi nel boschetto ho trovato delle monete!

– Otto! – disse Lucia in tono severo.

– Ehm... esatto, oggi nel boschetto ho trovato otto monete...

– Otto Krunf! – lo interruppe Lucia, tamburellando le dita sul tavolo. – Non fare il furbo!

– E va bene, lo ammetto! – sussurrò il brigante. – Queste sono le monete di tuo padre.

Lucia lo guardò per un istante. Poi ripensò a tutto quello che era successo al villaggio e disse: – Ma lo sai chi hanno incolpato per questo furto?

– Certamente me! – disse fiero Otto Krunf, che si considerava il piú terribile dei briganti.

– Sbagliato! – disse Lucia con un sorriso. – Tutti credono che i soldi li abbia rubati io.

Il brigante scoppiò in una fragorosa risata.

– Ah, ah, ah, ah... Tu, una ladra? – disse guardando quella bambina di otto anni con le treccine bionde e qualche lentiggine sul volto. – Ma è impossibile! Tu non ruberesti nemmeno un biscotto! – aggiunse ridendo a crepapelle.

– Ehm, già... – rispose la bambina, e questa volta fu lei a diventare un po' rossa dalla vergogna.

Il brigante mise le monete in un sacchetto e lo appoggiò al centro del tavolo. – Il re passerà presto a cercare le sue nove monete, – disse Otto Krunf. Poi aggiunse indignato: – Ma quando arriverà quel farabutto, invece delle monete, gli darò una di quelle lezioni che se la ricorderà per tutta la vita!

– No, tu gli darai le monete, – disse Lucia, – altrimenti ti farà incatenare e ti getterà nelle sue prigioni!

– E allora addio lezione di matematica, – rispose Otto Krunf, che cominciava a provare un certo interesse per la materia.

– Ma se io non riporto i soldi a casa, mio papà non mi farà piú uscire per un bel pezzo! – aggiunse Lucia pensierosa.

– E anche in questo caso, niente lezione di matematica... – concluse il brigante, che ormai pensava solo a quello. «Che situazione ingarbugliata, – rifletté Otto Krunf. – Per un motivo o per l'altro, non potrò continuare le mie lezioni». Il brigante stava già per battere un pugno sul tavolo. Anzi, dalla collera stava già per sfasciare il tavolo, la credenza e forse anche tutta la cucina.

Ma si fermò di colpo, chiuse gli occhi per qualche istante e iniziò a riflettere con calma. In quel momento si ricordò della lezione numero 2, «usare la testa prima di agire», e la mise subito in pratica.

– Un ladro non restituisce mai la sua refurtiva, – spiegò Otto Krunf, – ma posso sempre pagarti la lezione di matematica con le dieci monete d'argento, – aggiunse soddisfatto.

– Ma tu come farai con il re? – chiese la bambina. – Se non trova le monete, ti farà incatenare!

– È vero. Ma nulla mi vieta di rubarne delle altre! – replicò lui con un grande sorriso, perché sapeva già a chi le avrebbe rubate.

Gianluigi racconta quello che ha udito

Gianluigi stava correndo verso il villaggio gridando a squarciagola, quando un cavaliere, che era di sentinella davanti alle mura, gli andò incontro. Non aveva mai visto nessuno correre cosí veloce ed era curioso di capire cosa stesse succedendo.

Il bambino si fermò di fronte a lui e, balbettando, gli disse: – Fa-fate attenzione, pre-prendete le armi!

– Ti insegue un orso feroce? – chiese la guardia prendendo la sua balestra.

– No, pe-pe-pe-pe... – tentò di dire Gianluigi.

– Qualcuno suona la tromba? – chiese il cavaliere un po' stupito.

– No, pe-pe... – disse Gianluigi.

– È finito il pepe? – lo interruppe la sentinella.

– No, pe-peggio!

– È finito il sale?

– Ma no! Pe-peggio ancora! – disse Gianluigi, indicando il sentiero tra gli alberi.

– È scoppiato un incendio nella foresta? – chiese il cavaliere, che cominciava a preoccuparsi un po'.

– No, mo-molto peggio!

Ma non c'era niente di peggio della mancanza di sale e pepe, di un orso feroce o dell'incendio nella foresta, pensò il cavaliere, a meno che... a meno che... – Oh, santa Clementina! – urlò l'uomo. – Arriva Otto Krunf?!

Stava già per correre a chiedere rinforzi, quando Gianluigi disse:

– No, pe-peggio ancora!

Il cavaliere si arrestò di colpo. Cosa poteva esserci di piú rischioso, rovinoso, doloroso, dannoso, angoscioso, velenoso, peloso e pericoloso dell'arrivo di quel terribile brigante, pensò con le gambe che stavano diventando di ricotta. Lo sapevano tutti che Otto Krunf superava di gran lunga tutte le altre calamità conosciute. L'eruzione di un vulcano, in confronto, pareva un rubinetto d'acqua tiepida, un fulmine era poco piú di un cerino acceso e un orso feroce era come un tenero pulcino. Insomma, niente poteva essere peggio di Otto Krunf. O almeno, cosí avevano sempre sostenuto al villaggio.

Finché Gianluigi urlò: – Arriva il suo ca-ca...

– Cavallo?

– No! Il ca-ca...

– Ma insomma! – disse spazientito il soldato, che era stanco di indovinelli. – Arriva il ca-cosa?

– Il suo ca-capo! – spiegò infine Gianluigi.

– Otto Krunf ha un capo? – lo interruppe la sentinella, battendo i denti dalla fifa. – Oh, santa Rosalinda, proteggimi tu! – pregò il soldato pensando che, se Otto Krunf era già cosí tremendo, figuriamoci come doveva essere il suo capo. Sicuramente era un essere mostruoso: piú brutto di dieci caproni, piú stupido di cento galline, piú feroce di cinquanta coccodrilli, piú diabolico del diavolo, piú...

Ma il cavaliere non fece in tempo a finire il suo mostruoso elenco, perché Gianluigi indicò il sentiero che usciva dalla foresta e lanciò un grido terrorizzato.

– Ecco che arriva! Si salvi chi puòòòòò...

In quel momento, Lucia sbucò dalla foresta saltellando allegramente.

Il cavaliere le gridò d'un fiato: – Scappa bambina, sta arrivando un feroce brigante!

– Ma noooo, imbecille! – urlò Gianluigi. – È lei il feroce brigante!

– Lei?! – chiese stupito il cavaliere.

– Ah, ah, ah, ah! – Il soldato si rotolò a terra dalle risate.

Le urla di Gianluigi e le risate del cavaliere attirarono l'attenzione degli abitanti del villaggio che, incuriositi da tutto quel trambusto, giunsero da ogni parte.

Ma la prima ad arrivare accanto al cavaliere fu Lucia, che chiese gentilmente: – Cosa succede? Su, fate ridere anche me...

Intanto Gianluigi si era nascosto dietro all'uomo e, ci giurerei, si era fatto addosso anche un goccino di pipí.

La sentinella rispose scuotendo la testa: – Eh, eh, eh, questo piccolo fifone ha paura di...

– Be', è normale avere paura di Otto Krunf, – lo interruppe la bambina, fingendo di battere i denti.

– Ma no! – sghignazzò il soldato. – Questo fifone ha paura di te!

– Di me?! – Lucia si finse stupita, guardando il bambino con un sorriso furbetto.

– Certo! – urlò Gianluigi, e raccontò al cavaliere e alla gente del villaggio quello che aveva udito nella foresta. Per prima cosa, disse che il brigante aveva tentato di dare una lezione a Lucia, ma le sue randellate le avevano fatto il solletico. E tutti giú a ridere, perché la bambina non aveva nemmeno un graffio o una piega sul vestitino bianco e rosa. Poi affermò che era stata Lucia a dare una lezione a Otto Krunf, sbatacchiandolo come un vecchio tappeto. E tutti a sganasciarsi, perché la bambina arrivava a malapena alla cintola del brigante e, al massimo, avrebbe potuto malmenare un gattino o un anatroccolo. Quindi aggiunse che il bandito l'aveva pregata di non raccontarlo in giro. E allora tutti si rotolarono a terra, immaginandosi il terribile Otto Krunf che implorava in ginocchio una bambina di soli otto anni.

Ma Gianluigi, incurante delle risate della gente, affermò che Lucia aveva perfino affidato dei compiti a Otto Krunf. E si capisce quale tipo di compiti poteva svolgere un brigante come lui: rapine, agguati, sequestri e altri loschi affari simili. Anzi, aggiunse Gianluigi, Lucia aveva anche preparato una lista delle prossime vittime.

– Ecco la lista, che vi dicevo! – urlò soddisfatto, indicando un foglio che Lucia teneva in tasca.

Con gesto fulmineo, lo agguantò e lo porse al cavaliere.

– Cosa aspetti a leggere? – urlò poi il bambino, che si stava già fregando le mani. Di certo quella prova avrebbe smascherato Lucia.

Il soldato iniziò a leggere: – Un chilo di farina, quattro uova, cento grammi di burro.

– Ah, ah, ah! – ricominciarono tutti a ridere.

– Oh, santa Radegonda... spero di non essere sulla lista, – disse allora il soldato trattenendo una risata.

– Ah, ah, ah, ah, ah! – E di nuovo tutti giú a ridere di gusto.

– Eh, eh, eh, che fantasia questo bambino! – aggiunse il soldato asciugandosi una lacrima.

– Ma quale fantasia, è la verità! – tuonò Gianluigi, dandogli ancora una volta dell'imbecille.

– Vuoi sapere qual è la verità? – disse allora il cavaliere, prendendo Gianluigi per un orecchio. – La verità è che sei un bugiardo e un maleducato, – concluse.

Gianluigi era paonazzo dalla rabbia. Nessuno gli credeva, anzi, tutti lo prendevano in giro e gli davano del bugiardo, impostore e raccontafrottole, parole che conosceva molto bene. In quel momento capí che le parole che lo avevano sempre fatto ridere di gusto, quando era lui a dirle agli altri, adesso gli facevano male. In fondo, tutto dipendeva da quale bocca uscivano e in quale orecchio entravano. E in quel caso, non c'era nemmeno bisogno di origliare per capire che tutti stavano parlando di lui.

Proprio in quel momento, nemmeno a farlo apposta, arrivò il re.

Non appena lo vide, Gianluigi si fece largo tra la folla e gli corse incontro.

– Sire! – urlò.

– Dimmi! – rispose il re.

– Otto Krunf ha un complice... – tentò di spiegare il bambino, sperando che almeno lui lo ascoltasse.

Il re si fermò di colpo. Oddio, vuoi vedere che lo avevano scoperto? O forse aveva capito male?

– Cos'hai detto? – chiese con un po' di apprensione.

Il bambino ripeté: – Otto Krunf ha

un complice... una persona al disopra di ogni sospetto!

«Accidenti, mi hanno scoperto» pensò il sovrano, che era già pronto a spronare il cavallo per galoppare il piú lontano possibile.

Stava già per dare un colpo di frusta, quando sentí urlare: – Eccola, è lei!

Il re si voltò di scatto e seguí il dito di Gianluigi, che stava indicando qualcuno. Per un attimo rimase stupito nel vedere che quel dito non era puntato nella sua direzione, poi tirò un sospiro di sollievo. Gianluigi aveva indicato una bambina. Una bambina?

– Ah, ah, ah, questa è davvero bella! – Il re rideva per lo scampato pericolo.

Infine si rilassò sulla sella e pensò che a galoppare non sarebbe stato lui, ma solo la fantasia di quel bambino.

– Ma... – tentò ancora Gianluigi.

– Silenzio! – tuonò il re. – Non lo sai che a furia di dire bugie alla fine nessuno ti crederà piú?

– Sono d'accordo, – disse Lucia rivolgendosi al re. – E poi, Sire, le sembra possibile che un brigante come Otto Krunf abbia un complice?

– Ehm, no, certo che no! – rispose il re scrutando la bambina.

Lucia ricambiò lo sguardo con un sorriso e un'occhiata furba che lo misero un po' in imbarazzo, come se lei fosse in grado di leggergli nel pensiero.

«Ma cosa vado mai a pensare, – si disse il re. – Si tratta solo di una bambina. Forse ancora piú stupida di Otto Krunf».

E cosí voltò le spalle a tutti e se ne tornò nel suo castello. Anzi, già che c'era, decise di passare prima dal brigante, per prendersi la sua parte di monete.

Il re degli stupidi

Otto Krunf aveva ammucchiato i soldi sul tavolo e stava aspettando il complice per consegnargli la sua parte di bottino. Chissà che faccia soddisfatta avrebbe fatto il re, rigirandosi le monete tra le dita. Il brigante sghignazzò, ben sapendo che quelli non erano certo i soldi del mugnaio.

Proprio in quell'istante la porta del covo si aprí di scatto e apparve il brutto muso del re.

Ma il re non era bello come un giglio? Almeno, cosí era stato descritto all'inizio della storia. Certo! Ciò nonostante un volto avido è sempre piuttosto brutto, anche sulla persona piú affascinante di questo mondo. E il volto del re, quando aveva visto le monete sul tavolo, aveva perso tutto il suo splendore.

– Bene bene... – disse il re gongolando, senza nemmeno salutare Otto Krunf. – Vedo che hai le dieci monete di quel fessacchiotto!

– Certo! – rispose Otto, pensando che il vero fessacchiotto si trovava proprio di fronte a lui. Infatti Otto Krunf, dopo aver dato i soldi a Lucia, era entrato nel castello del re e aveva rubato le dieci monete d'argento proprio dal salvadanaio della persona che gli stava di fronte.

– Per te sarà stato un gioco da ragazzi, – constatò il re.

– Certo, le monete erano nascoste

malissimo, – disse Otto con un sorriso.

– Ah, ah, ah! Allora è piú fessacchiotto di quel che pensavo! – rispose il sovrano pensando al mugnaio.

– Davvero un tonto coi fiocchi! – rilanciò Otto Krunf, pensando invece al re.

– Un vero stolto! – rise il re.

– Peggio... – disse Otto Krunf.

– Il mago degli stupidi! – si sganasciò il sovrano.

– Peggio, peggio... – aggiunse il brigante.

– Il principe dei fessi! – aggiunse il re con una sonora risata.

– Peggio, peggio... – sussurrò il brigante.

– Il RE degli stupidi!– aggiunse il sovrano con una sonora risata. – Ah, ah, ah! Proprio il re degli stupidi...

– Esatto! – sghignazzò Otto Krunf,

pensando che il re era andato davvero molto vicino alla verità. Infatti, era talmente accecato dalla vanità e convinto di essere il piú furbo di tutti, che nemmeno si era reso conto che stava parlando di se stesso: il re degli stupidi era lui.

Il re si sedette al tavolo, rimirando le dieci monete d'argento. Nello stesso momento, di fronte a lui, il brigante stava tagliando delle grandi fette di pane. Era quasi ora di pranzo e il re aveva una fame da lupi.

Il brigante, che era generoso, chiese gentilmente: – Hai fame?

– Certo! – rispose il re, che aveva adocchiato dieci salamini appetitosi.

– Allora dividiamo il mio pasto, – rispose Otto Krunf, mentre apparecchiava un piatto anche per il suo ospite.

– Intanto io mi prendo la mia metà del bottino! – aggiunse il re, scegliendosi nove monete e lasciandone una sola a Otto Krunf.

– Perfetto! – disse allora il brigante, facendo finta di nulla. E ringraziò mentalmente Lucia perché, senza i suoi insegnamenti, non sarebbe mai stato in grado di contare fino a dieci e capire che il re lo stava ingannando.

Poi diede un solo salamino al re e si tenne gli altri nove per lui. In seguito si serví la sua bella porzione di tacchino ripieno, patate al forno e tortelloni, lasciandone solo un pezzettino minuscolo al re e infine si mangiò nove cannoli, lasciando il piú piccolo, praticamente una briciola, per il suo ospite.

Terminato il pasto, accompagnò il re alla porta perché doveva fare il suo riposino quotidiano, soprattutto dopo una mangiata cosí abbondante.

Il re, con le sue belle monete d'argento, ma a pancia quasi vuota, si avviò verso il castello con la sensazione che Otto Krunf non fosse poi cosí stupido come aveva immaginato.

Lucia svela il suo piano per liberarsi del re

Appena tornata a casa, Lucia tolse i soldi di tasca. – Ecco, papà... – disse, porgendo il sacchetto con le dieci monete d'argento.

– Birichina! Lo sapevo che eri stata tu! – disse il papà in tono un po' severo.

Lucia era dispiaciuta di dover mentire a suo papà, ma quando aveva raccontato la verità, nessuno le aveva creduto. E ora, per salvare il villaggio dai furti, era davvero costretta a mentire.

– È vero, sono stata io, – rispose, ripromettendosi che da grande non avrebbe mai raccontato grandi bugie. Le ultime piccole frottole, pensò con un sorriso, le avrebbe tenute per il re. E già sapeva come fare, grazie all'aiuto di Otto Krunf.

– Papà, esco a fare la spesa, – disse la bambina senza mentire troppo, perché era davvero intenzionata a prendere gli ingredienti per fare i biscotti. Semplicemente, aveva evitato di dire che sarebbe anche andata da Otto Krunf. In fondo, constatò, aveva detto una mezza verità. O una mezza menzogna?

Be', poco importava, in quel momento l'importante era fare tutte e due le cose entro la sera.

– Va bene, ma ricordati che avevi promesso di aiutare tuo fratello a fare i compiti, – rispose il papà.

«Accidenti, è vero» rifletté Lucia

che, quando faceva una promessa, la manteneva sempre.

E cosí, dopo aver fatto la spesa, prese il fratellino per mano e si incamminò nella foresta, in direzione del covo di Otto Krunf.

– Lo sai dove stiamo andando? – chiese Lucia con aria misteriosa.

– Certo, da Otto Krunf! – rispose il bambino con un sorriso.

– Ma come lo sai? – disse stupita Lucia, fermandosi di colpo tra gli alberi fitti.

– Perché io ti credo, – affermò semplicemente il bambino, che non aveva mai messo in dubbio le parole della sorella.

Lucia lo prese in braccio, commossa. – Grazie, – gli disse, stampandogli un bacione sulla guancia.

Poi se lo caricò sulle spalle e iniziò a correre in direzione del covo.

Avevano poco tempo e ancora tante cose da fare.

Appena giunti al covo, il brigante li accolse entrambi con calore. Otto Krunf voleva bene a Lucia e, se quello era il suo fratellino, anche lui sarebbe sempre stato il benvenuto a casa sua. O almeno cosí aveva affermato, dividendo la merenda con loro.

Inoltre, senza nemmeno pensarci troppo, aveva diviso trenta biscotti

in tre parti uguali, dimostrando di saper già applicare quanto imparato alla prima lezione: «Se si divide in parti uguali, non può essere che uno abbia piú monete dell'altro». E questa, constatò il brigante, non era solo una lezione di matematica, era anche una lezione di giustizia e uguaglianza. Infatti, non gli sembrava corretto che qualcuno avesse piú merenda degli altri.

– Mmmm, buonissimi! – esclamarono in coro i due fratellini che, quanto a biscotti, erano dei veri esperti.

Terminata la merenda, Otto Krunf non vedeva l'ora di riprendere le sue lezioni di matematica.

Anche Lucia non vedeva l'ora di insegnare a Otto Krunf a fare calcoli sempre piú complessi perché, per attuare il piano che aveva in mente, il brigante doveva diventare molto abile a contare i soldi.

Allora Lucia fece accomodare il fratellino e il brigante al tavolo e iniziò con dei semplici esercizi di calcolo. Ogni tanto, però, si arrabbiava con Otto Krunf, perché tentava di copiare i risultati dal suo fratellino.

– Otto, ci devi arrivare da solo!

– Ehm... – rispose il brigante, raddrizzandosi di colpo sulla sedia, dopo essere stato colto in fallo mentre sbirciava il foglio del compagno.

– Ma Lucia! – intervenne il fratellino in difesa del brigante, che ormai era diventato suo amico. – Otto non stava mica copiando!

– E allora come si spiega che avete fatto tutti e due lo stesso errore? – rispose la bambina, tirando una grossa riga rossa sul risultato dell'ultimo esercizio.

Poi tutti e tre scoppiarono a ridere perché, dopo aver ragionato e lavorato tanto, bisogna prendersi anche delle pause.

E cosí fecero per alcune settimane. Lucia prendeva il fratellino e, assieme, si recavano nel covo di Otto Krunf, dove insegnava loro a fare calcoli sempre piú complessi.

Un giorno, dopo la ricreazione, Lucia capí che Otto era diventato abbastanza bravo. Anzi, era diventato proprio bravo!

Allora chiamò i suoi due allievi e li preparò per l'ultima lezione.

– Ascoltatemi! – disse loro. I due scolari tesero bene le orecchie, intuendo che quella sarebbe stata una lezione molto interessante. – Adesso vi spiego come faremo a liberarci del re!

BARBA KRUNF
MONNA KRUNF
ALBERT KRUNFISTEIN
1/2
1
2
7+2=8
7+1=6
3+1=3
8+1=

E la bambina raccontò per filo e per segno quello che avrebbero fatto.

Il brigante annuiva soddisfatto perché, al pari di Lucia, desiderava vendicarsi di quel farabutto che aveva sempre approfittato di lui.

– In conclusione, – disse Lucia guardando Otto Krunf, – dobbiamo anche risarcire la gente del villaggio, perché il re ha ottenuto la loro merce in modo disonesto.

– E-s-a-t-t-a-m-e-n-t-e! – tuonò Otto Krunf, che ormai stava diventando un vero e proprio paladino della giustizia. Ma poi, abbassando un po' la voce, chiese timidamente a Lucia: – Già... ma come si fa?

– Quanti soldi ti rimangono? – chiese Lucia.

– Solo quattro monete d'argento, – rispose il brigante, raschiando il fondo di una cassetta.

– Ottimo, sono piú che sufficienti! – rispose la bambina.

– Sicura? – chiese il brigante: in effetti gli sembravano un po' pochi, quei soldi, per risarcire tutta la gente che era stata derubata.

– Sicurissima! – rispose Lucia, dandogli una pacca sulle spalle.

Il bandito appoggiò sul tavolo di legno le quattro monete e restò in attesa di altri ordini.

La bambina tirò fuori da un sacco di tela del sapone, un dentifricio, un paio di forbici, un profumo e della stoffa preziosa, e li appoggiò sul tavolo di fronte a Otto Krunf. Erano tutte cose che il brigante non aveva mai visto in vita sua. – Adesso, – concluse la bambina, – prendi questi e ascoltami attentamente.

Otto Krunf si guarda allo specchio

Da un po' di tempo in quella regione non c'era stato alcun furto e regnava una tranquillità senza precedenti. Per forza: Otto Krunf era occupatissimo a imparare a fare i conti e il re, non avendo ancora trovato un nuovo gonzo da spennare, se ne stava nel castello a godersi i frutti delle sue disoneste imprese. Naturalmente, tutti gli abitanti del villaggio erano felicissimi di quella situazione, ma erano anche un po' sorpresi e si chiedevano dove fosse finito il brigante. Possibile che se ne fosse andato? si domandavano speranzosi, nel timore che un giorno o l'altro sarebbe ritornato a rubare nelle loro case.

Lucia sapeva bene che questo non sarebbe mai piú accaduto, ma non poteva certo dirlo alla gente, perché nessuno, come al solito, le avrebbe creduto. E come avrebbero reagito se avesse affermato per l'ennesima volta che il vero pericolo per tutti era il re e non il brigante?

La cosa migliore, pensò la bambina, era farli sparire entrambi. Per sempre.

Intanto, nel suo covo, il brigante guardava le cose portate da Lucia chiedendosi che cosa fossero. Dopo aver assaggiato il sapone intuí che non era formaggio, cosí come capí, dopo il primo sorso, che il profumo non era whisky. Insomma, non erano cose da mangiare o da bere, constatò sconsolato, poiché aveva un certo appetito.

– Accidenti, ma non hai nulla da mettere sotto i denti? – domandò a Lucia.

– Certo, questo! – rispose lei, porgendogli un dentifricio che Otto Krunf spalmò subito sul pane, convinto che fosse senape.

– Bleah, che schifo! – sputacchiò Otto Krunf.

Lucia si mise a ridere e prese le forbici. – Cominciamo con queste... – disse al brigante, spiegandogli che avevano poco tempo a disposizione.

«Poco tempo a disposizione per fare cosa?» si chiese Otto Krunf, che ancora non aveva capito nulla di quello che la bambina aveva in mente. Ma, per fortuna, almeno le forbici le conosceva, dato che le utilizzava per tagliare il cuoio quando si costruiva le scarpe. Quello che invece non sapeva era che le forbici potevano essere utilizzate anche per tagliare barba e capelli.

Infatti, fu quello che fece Lucia. Per prima cosa tagliò la barba folta e ispida del brigante e poi, dopo avergli lavato i capelli unti, li regolò con cura. Quindi spiegò a cosa servivano il dentifricio e il sapone e mandò il brigante a lavarsi in una tinozza di acqua tiepida.

Quando Otto Krunf ritornò in cucina, Lucia aveva cucito un vestito elegante, che fece subito indossare al brigante. Poi gli tagliò le unghie, gli tolse i peli dalle orecchie e dal naso, e lo pettinò con cura.

Infine cosparse il brigante di profumo e lo portò soddisfatta di fronte a uno specchio.

– Oddio, chi è quel tipo fuori dal-

la finestra?! – urlò spaventato Otto Krunf.

– Non è la finestra, – rispose Lucia ridendo. – È uno specchio!

– Oddio, chi è quel tipo che mi guarda da dentro lo specchio?! – urlò ancora piú spaventato Otto Krunf.

– Sei tu! – disse Lucia con un sorriso.

– Io?! – rispose il brigante stupito, avvicinandosi per guardarsi meglio.

– Ma... assomiglio a un ricco mercante!

– Allora sei perfetto! – disse Lucia. – Perché devi proprio sembrare un ricco mercante.

Il re casca nella trappola

Il giorno seguente, Otto Krunf si presentò davanti al castello del re facendosi annunciare come un ricco mercante. Il re lo accolse a braccia aperte, perché la gente ricca era sempre benvenuta nel suo castello, soprattutto se c'era la possibilità che quelle ricchezze finissero nelle sue tasche.

Quando il mercante si avvicinò, il re lo squadrò per un attimo, perché gli sembrava che avesse un'aria vagamente familiare. Ma, alla fine, concluse che non si erano mai incontrati prima, perché nel suo regno non c'era nessuno di cosí elegante, pulito e profumato, con i denti cosí bianchi e i capelli cosí ben curati. Evidentemente si era sbagliato.

E cosí il re fece accomodare Otto Krunf nel suo salone, senza sospettare di nulla. I due iniziarono a parlare di affari, soprattutto il re, che sperava di riuscire a guadagnarci qualcosa. Cosa che avvenne subito, anche se si trattava di un semplice affare da quattro soldi.

Il mercante, infatti, tolse di tasca le quattro monete d'argento e chiese di poter acquistare un pollo. Il re si fregò le mani, perché un pollo, al massimo, valeva una sola moneta. Quel mercante doveva proprio essere uno sciocco, pensò il re, e tanto valeva approfittarne.

– Ecco il pollo! – disse il sovrano, dopo essere sceso nel recinto a catturare il pennuto.

– Ecco le monete! – disse il mercante, porgendo i soldi al re.

Il re corse subito a mettere i soldi nel suo gigantesco salvadanaio, pieno di tutte le monete che aveva rubato alla gente del villaggio. Poi tornò dal mercante. – Spero che ci rivedremo presto... – disse, soddisfatto per l'ottimo affare concluso.

– Tornerò di sicuro, – promise il mercante, che di certo non era ingenuo come aveva voluto far credere al re. Anzi, si disse Otto Krunf sghignazzando, il vero pollo era proprio il re, e presto se ne sarebbe accorto anche lui!

Infatti, quella stessa notte, come già aveva fatto in passato migliaia di volte, si intrufolò senza fare alcun rumore nell'abitazione della sua vittima. Con la solita abilità e scaltrezza rubò quel che c'era da rubare e, silenzioso come non mai, si dileguò in direzione del suo covo. Proprio come aveva sempre fatto con la gente del villaggio.

Solo che questa volta la vittima era il re, al quale aveva appena rubato le quattro monete d'argento.

Il giorno seguente, il mercante tornò al castello, tolse le quattro monete di tasca e acquistò un altro pollo. Il re mise subito i soldi nel salvadanaio e nemmeno si accorse che erano gli stessi quattrini che il mercante gli aveva già dato il giorno prima. La notte stessa, Otto Krunf si riprese i soldi e cosí, giorno dopo giorno, notte dopo notte, con le stesse quattro monete d'argento, il brigante acquistò tutti i polli del re.

Dopo un mese, certo di non essere riconosciuto da nessuno, Otto

Krunf andò a vendere al mercato del villaggio tutti i polli, guadagnando un po' di soldi e dimostrandosi un mercante onesto e gentile.

Poi, il giorno seguente, si presentò davanti al re con cento monete d'argento, con le quali acquistò due maiali. La notte, con la sua solita abilità di brigante, si intrufolò nel castello e si riprese le monete. Il giorno dopo, smessi i panni del bandito e rimessi quelli del ricco mercante, si presentò nuovamente per comprare altri due maiali e cosí via.

Il re, convinto di aver trovato un nuovo pollo da spennare, pensava solo a gettare le monete nel suo gigantesco salvadanaio, senza nemmeno rendersi conto che il livello dei soldi non aumentava di un solo centimetro. Insomma, come avrete capito, Otto Krunf, pian pianino, stava acquistando tutti i beni del re senza spendere un solo centesimo!

E cosí, in breve tempo, convinto di arricchirsi sempre piú, il re aveva venduto tutte le sue pecore, la sua farina, i maiali, le botti di vino, il formaggio, le mucche eccetera. Nel frattempo, Otto Krunf si era potuto esercitare con calcoli sempre piú difficili; per esempio, aveva acquistato dal re cento cavalli a due monete

d'oro l'uno, calcolando alla perfezione quanto avrebbe dovuto pagare.

«Che gonzo questo mercante» pensò il re fregandosi le mani, mentre portava le duecento monete d'oro verso la stanza dove conservava le sue ricchezze. «E che ingenui i cittadini del regno, – si disse, scoppiando in una fragorosa risata. – Tutti incolpano Otto Krunf per ogni furto, mentre sono io il brigante piú scaltro e intelligente del mondo». Poi iniziò a canticchiare felicemente, al ritmo delle monete che cadevano nel salvadanaio: – Sono astuto e son bello, sono ricco e ho un castellooo. Non mi importa della gente, sono furbo e intelligenteeee!

Naturalmente il re si sbagliava di grosso perché, nascosta dietro il salvadanaio, c'era una mente ancora piú brillante della sua, che lo stava osser-

vando divertita. E accanto a lei c'era Otto Krunf, pronto a commettere il suo ultimo furto.

«Perfetto!» pensò Lucia: la prima parte del piano aveva funzionato a meraviglia. In poco tempo si erano impossessati di tutti i beni del re senza avergli dato nulla in cambio, se non l'illusione di avere fatto ottimi affari.

Tre ombre furtive si aggirano per il villaggio

Quella notte, mentre il contadino dormiva, tre ombre furtive erano entrate nella stalla delle mucche. Poi, dopo aver fatto quel che dovevano fare, dalla stalla andarono silenziosamente nella casa del macellaio, e anche lí fecero quel che dovevano fare. Poi andarono dal maniscalco, dall'oste, dal parrucchiere, dal pescivendolo, dallo spazzacamino e cosí via, finché s'intrufolarono anche nel mulino, approfittando del fatto che il papà di Lucia ronfava come un ghiro. Chi invece non ronfava per niente era proprio Lucia che, aiutata dal fratellino e da Otto Krunf, era entrata furtivamente in tutte le case del villaggio. Ma cosa stavano facendo? Lucia e il suo fratellino erano forse diventati pericolosi briganti come Otto Krunf?

Niente di tutto questo. Anzi, quella notte Otto Krunf e i due bambini erano andati di nascosto a riportare tutti i beni del re alle persone del villaggio. In pratica replicavano all'incontrario quella che una volta era stata la principale occupazione di Otto Krunf. Adesso, invece di ru-

bare, lasciavano cavalli, attrezzi, animali, cibarie, mobili, botti di vino, sacchi di farina eccetera alle persone che un tempo li avevano dati al re.

Non vi dico lo stupore della gente del villaggio quando, la mattina seguente, aveva trovato tutti quei doni. Nessuno riusciva a spiegarsi un simile mistero: negli ultimi mesi, non solo Otto Krunf sembrava sparito dalla circolazione, ma tutti erano stati persino risarciti dei suoi furti.

Intanto il re, indaffarato ad accumulare monete su monete, non si era nemmeno accorto di non possedere piú nulla, se non i soldi contenuti all'interno del suo enorme salvadanaio. Ma i soldi non li poteva mica mangiare. O no?

E cosí, una mattina, il re andò a cercare un pollo da fare arrosto. Ma di polli non ce n'erano piú. Allora decise di catturare un maiale per farne prosciutti e salami. Ma dei maiali non si vedeva nemmeno l'ombra. Una bistecca di manzo? Macché, i manzi erano spariti, o meglio li aveva venduti tutti al mercante. Cosí come aveva venduto tutto il formaggio e persino le mucche. Senza dubbio era stato un buon affare, rifletté il re, ma adesso aveva fame. Di colpo si ricordò che aveva venduto anche le verdure con tutti i campi annessi, gli aratri, le botti di vino e i vigneti, le colline con le piante da frutta e il fiume con tutti i pesci. Certo, anche quelli erano stati ottimi affari, con quello che il mercante li aveva pagati, pensò il sovrano... Però la fame gli rimaneva lo stesso! Anzi, aveva un tale appetito che gli sarebbe bastato anche un tozzo di pane secco. Ma accidenti, aveva venduto pure la farina!

«Vabbe', poco importa, – pensò il re, con la pancia che brontolava. – Adesso sono talmente ricco che posso acquistare tutto ciò che desidero». Con un certo appetito, già pregustando tutto quello che avrebbe potuto comprare con le sue monete d'oro e d'argento, il re corse nella stanza delle ricchezze. Aprí il salvadanaio, immerse una mano e frugò a destra. Niente. Poi a sinistra. Nulla. Quindi tentò ancora a destra, poi in alto e in basso, di qua e di là, su e giú. Zero. Allora tentò a est e a sud, a nord e a ovest, in mezzo, sopra, ovunque. Il vuoto piú assoluto. Ma finché gli occhi non vedono ci si può sempre sbagliare e allora il re, con un leggero batticuore, si mise in punta di piedi e sbirciò nel salvadanaio.

– Aaaaaaaaaaaaaaaaaarghhhhh! – Lanciò un urlo talmente forte che perfino al villaggio ne arrivò l'eco. Il re aveva visto tutto quel che c'era da vedere. O meglio, non aveva visto un bel niente perché tutte le sue adorate monete erano sparite. Niente, nulla, zero, il vuoto piú assoluto.

«Di sicuro è stato Otto Krunf» pensò il re, perché fra tutti i ladri, fuorilegge e banditi del mondo solo quel brigante sarebbe stato in grado di commettere un simile furto. Rosso di rabbia, con le tempie che pulsavano dal nervoso, il sovrano scese di corsa le scale facendo balzi di dieci gradini per volta. Poi uscí dal castello talmente in fretta che pareva avesse il fuoco sotto il sedere.

Tremante di collera, corse in scuderia a prendere un cavallo. Avrebbe raggiunto il covo di Otto Krunf e si sarebbe ripreso tutto il suo denaro, con le buone o con le cattive maniere. Ma, appena aprí la porta, vide che la scuderia era vuota. Accidenti, aveva venduto anche tutti i suoi cavalli. In preda al panico, corse a cercare un asino. Sarebbe stato piú lento ma, almeno, non avrebbe percorso tutta la strada a piedi. E poi avrebbe potuto caricare le monete d'oro sul suo dorso. Ma anche in questo caso, nel recinto non trovò nulla. Per forza, anche gli asini li aveva venduti al mercante, in cambio di molte monete d'oro. Al solo pensiero delle sue monete, la rabbia aumentò. Avrebbe cavalcato persino una mucca pur di arrivare nel covo di quel manigoldo. Ma nemmeno una mucca aveva trovato. Una capra? Un'oca? Un pulcino? Be', anche volendo cavalcare uno di questi animali, in tutto il suo regno non ce n'era nemmeno l'ombra. Con gli occhi fuori dalle orbite per la rabbia, partí di corsa in direzione del covo di Otto Krunf. Gliene avrebbe dette quattro, anzi otto, esattamente come il nome di quel farabutto che lo aveva rapinato.

Ma, giunto nella foresta, del brigante non aveva trovato neppure un pelo di barba. «Accidenti, Otto Krunf è sparito dalla circolazione» rifletté sconsolato, perché non si sentiva piú nemmeno il suo odore da caprone.

Il re si sedette su un tronco, si guardò attorno e capí di non possedere piú nulla: né soldi né terreni, né complici né amici.

Intanto Otto Krunf si era stabilito nel villaggio, nei suoi nuovi panni di ricco mercante. Aveva acquistato una bella casetta vicino al mulino e in poco tempo si era fatto molti amici, perché era diventato una persona sincera e gentile, che commerciava con tutti facendo prezzi onesti e interessanti. Tutti gli volevano bene e, se c'era da chiedere un consiglio, risolvere un calcolo complicato oppure scoprire la soluzione di un qualsiasi rompicapo, chiedevano sempre a lui, che in quel genere di cose era diventato un vero maestro. Solo Lucia e il suo fratellino sapevano chi era in realtà quel simpatico commerciante e passavano spesso a trovarlo. Naturalmente in paese nessun altro lo aveva riconosciuto, a parte Gianluigi, che andò subito a fare la spia al cavaliere di guardia.

– Oh, santa Patata Novella! – disse l'uomo afferrando la sua balestra.

«Bene, – pensò il bambino, – questa volta mi ha creduto».

– Oh, santa Carota Bollita! – disse di nuovo il cavaliere, affilando la spada.

«Ottimo, – pensò il bambino, – cosí armato sarà un gioco da ragazzi per lui arrestare Otto Krunf».

– Oh, santa Zucchina Beata! – ansimò di nuovo il soldato, brandendo anche un'alabarda.

«Stupendo, – sogghignò il bambino. – E dopo il brigante toccherà anche a Lucia».

– Oh, santa Mortadella da Bologna! – terminò il cavaliere che ormai, a furia di esclamazioni, aveva quasi composto un pranzo. Poi, fissando Gianluigi negli occhi con sguardo glaciale, aggiunse: – Ma fai attenzione! Se mi racconti ancora una bugia, ti sbatto in prigione e faccio buttar via la chiave!

Il bambino deglutí dalla paura. In fondo quel mercante piaceva anche a lui. Anzi, anche se si trattava di Otto Krunf, gli stava pure simpatico e, ogni tanto, gli regalava perfino le caramelle. E cosí, Gianluigi cambiò idea e si corresse.

– Ehm, ripensandoci bene, probabilmente mi sono sbagliato, – balbettò guardando il cavaliere. – Anzi, sicuramente mi sono sbagliato! Non può trattarsi di Otto Krunf.

– Santa Fragola Di Bosco, volevo ben dire... – concluse il cavaliere con un sorriso, aggiungendo anche il dessert.

E cosí, Gianluigi non raccontò mai piú a nessuno quello che aveva scoperto e, come tutti, approfittò della pace che Lucia era riuscita a portare nel villaggio. Anzi, un giorno le chiese perfino scusa per averle dato della ladra e, quando Lucia gli disse che qualche biscotto lo rubava sempre volentieri, i due iniziarono a ridere di gusto.

In breve tempo nessuno sentí la mancanza del re perché, da quando non aveva piú nulla, spesso lo avevano sorpreso a rubare le galline dai pollai, a sgraffignare la merenda ai bambini, a scippare la borsetta alle vecchiette e altre cose degne di un vero mascalzone. E cosí, dopo l'ennesimo furto malriuscito, perché il re non era certo abile come Otto Krunf, fu cacciato dal paese e di lui non si seppe piú nulla. «Chissà, forse si sarà costruito una nuova vita» pensava ogni tanto la bambina. Infatti, a volte, alcuni viandanti di passaggio raccontavano di un paese lontano dove viveva un re buono, bello e generoso, alla ricerca di un nuovo complic... ehm, di un nuovo amico.

L'ultimo furto

Finalmente tutto si era sistemato nel migliore dei modi. A parte per Lucia che, come spesso le accade, stava correndo. E, come ben possiamo immaginare, anche in questa occasione non era certo la voglia di correre che le metteva le ali ai piedi.

– Fermati! – urlò a squarciagola il papà.

– Lo so che sei stata tu a rubare i biscotti! – disse la mamma esasperata. – Non cambierai mai!

– Non è vero! – rispose Lucia, facendo lo slalom tra le sedie.

– Aspetta... – disse ancora il papà, che non riusciva a starle dietro. – Non vorrai davvero diventare una ladra? – aggiunse con il fiatone.

– Come il re?! – chiese Lucia, rifugiandosi sotto il tavolo.

– Certo, quel farabutto! – sospirò la mamma.

– Ma io non ho fatto niente... è la verità! – obiettò Lucia sconsolata, perché non voleva certo essere paragonata a quel brigante di un re... soprattutto quando era davvero innocente! Anzi, a pensarci bene, era da un bel po' che non vedeva nemmeno l'ombra di un biscotto. Eppure, annusando l'aria, non era da molto che erano stati sfornati.

Ma se non era stata lei a prenderli, rifletté senza smettere di correre, dove erano finiti quei buonissimi, fragranti, deliziosi e croccanti biscotti?!

Poco distante, il fratellino di Lucia assisteva divertito all'inseguimento, adagiato comodamente in poltrona, a pancia piena.

– 'azie Otto, – disse il bambino con un largo sorriso e la bocca piena, rivolgendosi all'ex brigante.

– Di niente, caro... – rispose Otto, dividendo l'ultimo biscotto con il bambino. – È sempre un piacere fare affari con te.

Indice

Lucia e il brigante

Einaudi Ragazzi

Storie e rime

Pubblicazioni piú recenti

402 Robert Louis Stevenson, *L'isola del tesoro*
403 Ingo Siegner, *Nocedicocco e il tesoro nella giungla*
404 Michael Morpurgo, *Storie sotto i baffi - Favole di Esopo*
405 Tony Bradman, *Storie di eroi*
406 Anna Lavatelli, *Il sasso sul cuore*
407 Francesca Longo, *Nonni, si parte!*
408 Jules Verne, *Viaggio al centro della terra*
409 Stefano Bordiglioni, *Quattro giovani Aztechi*
410 Emanuela Nava, *Cari nonni, cara Na*
411 Francesca Ruggiu Traversi, *Tommy Scuro e il segreto di Villa Brivido*
412 Lauren Brooke, *Heartland - Il tempo di ricominciare*
413 Roberto Piumini, *Molte lettere per Sei*
414 Beatrice Masini, *Io e gli invisibili*
415 Stefano Bordiglioni, *Storie prima della storia*
416 Ingo Siegner, *Nocedicocco e il vampiro*
417 Roberto Piumini, *A cavallo fra i castelli*
418 Luca Cognolato, *Basket League - Due sotto canestro*
419 *Tante storie per ragazze*, a cura di Fiona Waters
420 Andrea Salvatici, *Jacob, il bambino di creta*
421 Nicoletta Costa, *Evviva l'alfabeto!*
422 Erminia Dell'Oro, *La scimmietta Gratta Gratta e altre storielle*
423 Ingo Siegner, *Nocedicocco e il mistero della Mummia*
424 Beatrice Masini, *Storie dopo le storie*
425 Roberto Piumini, *Alice nel paese delle meraviglie*
426 Stefano Bordiglioni, *Niccolò e i folletti dispettosi*
427 Roberto Piumini, *Diario di primavera*
428 Roberto Piumini, *Il Coro Arlecchino - Il canto di Micaela*

429 Roberto Piumini, *Il Coro Arlecchino - La voce di Sasha*
430 Gionata Bernasconi, *Bettina tacchina e la danza del pavone*
431 Lauren Brooke, *Heartland - Passi importanti*
432 Fabrizio Silei, *Il bambino di vetro*
433 Vivian Lamarque, *I bambini li salveranno (Chi? Gli animali)*
434 Luca Cognolato, *Basket League - Gioco in difesa*
435 Nicoletta Costa, *La maestra Margherita*
436 Francesca Ruggiu Traversi, *Tommy Scuro e il fantasma del museo*
437 Silvia Roncaglia e Sebastiano Ruiz Mignone, *Il fantasma con l'asma*
438 Michel Laporte, *Dodici storie di fate*
439 Roberto Piumini, *Le storie di Straparlone*
440 Lauren Brooke, *Heartland - Un maestro misterioso*
441 Lauren Brooke, *Heartland - Le promesse del domani*
442 Vanna Cercenà, *Camping Blu*
443 Nicoletta Costa, *Alfabeto per colazione*
444 Silvia Roncaglia e Sebastiano Ruiz Mignone, *31 e-mail per un piccolo principe*
445 Ingo Siegner, *Nocedicocco e i vichinghi*
446 Annamaria Piccione, *La musica del mare*
447 Stefano Bordiglioni, *Storie per giocare*
448 Marco Bosonetto, *Uffa, cambio genitori!*
449 Nicoletta Costa, *Streghe, streghine e stregatti*
450 Lauren Brooke, *Heartland - Un nuovo inizio*
451 Andrea Pau, *Rugby Rebels - Uniti alla meta*
452 Stefano Bordiglioni, *Il sacco del principe Arturo*
453 Luca Cognolato, *Basket League - In trasferta!*
454 Beatrice Masini, *Storie dell'uomo verde*
455 Gionata Bernasconi, *Lucia e il brigante*
456 Stefano Bordiglioni, *Il Giornale delle Favole*

Finito di stampare nel mese di gennaio 2012
per conto delle Edizioni EL
presso LEGO S.p.A. Vicenza